청어詩人選 66

꿈꾸는 어부

| 변종윤 시집 |

꿈꾸는 어부

변종윤 지음

발행처 · 도서출판 **청어**
발행인 · 이영철
영　업 · 이동호
기　획 · 강보임 ǀ 김흥순
편　집 · 김영신 ǀ 방세화
디자인 · 오주연
제작부장 · 공병한
인　쇄 · 두리터

등　록 · 1999년 5월 3일(제22-1541호)

1판 1쇄 인쇄 · 2010년 3월 20일
1판 1쇄 발행 · 2010년 3월 30일

주소 · 서울시 서초구 서초동 1588-1 신성빌딩 A동 412호
대표전화 · 586-0477
팩시밀리 · 586-0478

블로그 · http://blog.naver.com/ppi20
E-mail · ppi20@hanmail.net
ISBN · 978-89-93563-80-1 (03810)

꿈꾸는 어부

언제부터일까.
가슴속 깊이 빗물처럼 흘러내리는 고독한 삶이
그 빗물 속에 고여 썩어가고 있다는 사실을 알고,
이제 그 고인 물을 깨끗이 정화하려는 마음에서
내 삶의 작은 부분 하나하나를
실타래처럼 뽑아 올려 세상에 풀어놓는다.
누구나 생각할 수 있는 그런 이야기를
하나의 삶의 이야기로서
누구에게나 순수한 마음으로 읽혀지기를 바라면서,
나 여기에 부끄럽지만
진실한 이야기, 우리의 살아가는 모습을 보여주려 한다.
여기에 빈 한 페이지를 남겨
읽어주시는 분들께 평가를 부탁드리며…

변종윤

3
꿈같은 시간

4
개미들의 한탄

· · · · · · · · 꿈꾸는 어부

1

삶의 모퉁이에서

• • • • • • • • • 꿈꾸는 어부

고철덩어리

고철덩어리에 육신을 올려놓고
회색빛 하늘을 날아
한 시간의 위대함을 느끼며
자연의 노예가 되어
공간속에 갇혀 있다

대기의 차이로 약간의 어지러움 느끼며
지상으로 내리는
느낌 없는 새 한 마리
인간들과 어울려 착륙을 한다
덜커덕 덜커덕 마지막 소리

궁금한 하루

삽질소리 둔탁한 하루
비가 오는 날
먼지를 먹고
하늘을 바라본다
구름 속에 숨겨진
물탱크는 얼마나 될까

삶의 모퉁이에서

눈이 왔다
폭설이다
현장은 바쁜데
눈이 쌓여 모든 작업이 중지됐다
제설작업 공정은 바쁜데
하느님은 지랄 같다
머리가 엄청 나쁜가
심술보가 두 개인가
짜증스럽다
하늘만 쳐다보면
가끔은 오줌을 싼다
바닷가 쪽이라 그런가 보다
찜찜하다
침말로 짜증난다
눈은 겨울에만 오는가
여름에도 오지
시원하게
요즘 길거리 빙판이라 죽을 지경이네

노동자의 하루

어이 김 대리
철근 배근은 잘 보았는가
가로세로 규격 딱입니다
뭔 소리야 다른 것은?

철근치수 정확하고
결속선 꼼꼼히 졸라매났습니다
그럼 내일 작업하는감
그람유
날씨가 어떤가
글씨요 바빠서
아주 지랄 육갑하는구먼
자네 비와도 할겨

그거야 제가 모르지라
가들이 한다믄 하는 거예요
우리가 소냐 돼지냐
못해!
내일 우린 쉴란다 너그덜끼리 혀
그래 그만둬라

소장님
가들이 내 말 안 들어야
그럼 조져부러야
긁적긁적
야, 씨부른 매기야
너그덜 다 그만둬
오늘도 하루가 행복기만 하데이

공구리* 불랑가 말랑가

이봐, 김 과장
비가 온다는데 일기예보 알아봤는가
아!
날씨 본께 됐다
좋은 게 걱정하지 마이소
이 사람아 글지 말고
함 알아보게
아따, 참말로
나가 비 오면 확 마셔버릴랑게
이번엔 확
밀어붙여주이소
아따

허구한 날 하늘지랄이지
어디 일 해먹겠는 감유
이 사람 저 사람 꽈대지
평생 하늘 보고 밥 먹누면

나가 점쟁인가 무당인가
씨불일
만날 기상대나 찾고 사는 인생

오늘도 비 오나요?
와요 안 와요?
나가 미쳐부러
만날 틀려서 나가 돌 것 같으이
한번 안 온다고 해라
틀려도 그만 맞으면 좋고
이것이 폼 없는 막노가다 직업이지

*공구리 : 콘크리트

아버지의 기억

시골길 굽이굽이 삼십 리 길
부실한 자식 낳아
어버이는 죄 지은 듯
애처로워 등에 업고

걷는 길
땀방울이 발등에 젖고
칭얼대는 소리가
가슴 저미는 아버지

지친 몸은 잠이 들어
늘어지고
힘겨워하는 아버지가
맘에 걸려 걸어가고 싶은데
내려놓지 않는 아버지

맘으로 아프지만
표현도 못하고
등에 매달려 간다

감 하나 바라보다가

홀로 남은 감 하나
추위에 웅크리고
주름 잡힌 이마가
꼭 우리 아버지 얼굴이네

쪼글쪼글 검은 점은
검버섯 같다

문득 아버지의 모습
가슴에 사무친 그리움에
눈시울 젖는다

감 하나 본 것이
이렇게 가슴 아플 줄이야

노모

눈 속에 아른거려 오늘도 눈물짓는다
수척한 내 어머니
떠나가실 어머니
그 모습 보고 싶어 한밤에 밤길 나오니
싸늘한 달빛 아래 외로움만 파고드는데
한세상 못다 한 삶 어찌 다 갚을꼬

고향땅

굽이굽이 돌아 개울 징검다리 건너엔
이런저런 사연 담은 정자나무가 있다
그곳엔 푸닥거리한 떡도 있고 사탕도 있고
아이들은 무서워 돌아다녔다
무당이 칼춤 추고
점쟁이가 대를 잡고 아픈 사람 병을 고치곤 했다

이젠 텅 빈 곳에 고목나무 한 그루
그 많던 울긋불긋 장식들은 모두 어디 가고
까칠한 표피만 남아
찬바람만 휘감고 있다
고향 낯설어 서먹한 사람들

오호라 여기가 내 집인걸

평생을 맘 조이고 살았는데
남은 것은 근심걱정뿐
아무것도 이룬 것이 없다
무엇이 두려워 상처를 남기려 하는가
잠시 잠깐 눈감으면 세상 밖으로 간다네
모든 상념 버리게나

여기가 내 집인걸

예뻐해 주고 싶은데

세월이 가고
인생이 있고
당신이 있어 행복했고
더 행복하게 해주지 못해 미안하다

까만 머리 하나둘 숨어들고
하얀 실 머리에 붙어 새끼 친다
어느새 머리 위에 한나라 생겼네

옷맵시 변해가고 말수가 늘더니
한 소리 또 하고 짜증도 늘더니
마음도 변하고 생각도 변하고
가슴에 담아놓은 예쁜 마음
이제 꺼내줄 때가 되었네

왠지 자꾸만 애처로운 마음에
이따금 잠 못 이루고
밝아오는 차창 밖 달님과 이야기한다
미움이 떠난 자리엔
아픔과 서러움이 있다
우리 만나 떠날 때 되어도
여기에서 기다리자고

자식사랑

미움으로 얼룩진 인생

함께 있으면 온갖 말썽쟁이
떠나 있을 때 그리운 것이 자식이라

자식의 멀고 가까움은
미움과 사랑이 오고 가는 다리인가

아내

마주하면 깨지는 우리
보고 싶던 마음도
눈앞에서 미움 되고
그리움도 안개처럼
멀리 가버리는 날
서로 마음은 두 갈래
붙여놓으려면 멀어지는
먼 산 노을처럼
지는 해 바라보듯
살다가 잊혀져갈 아내

5월의 휴가

5월 4일 당신과 내가 결혼한 지 25년이 되는 날
기념일은 나의 삶에 아무런 뜻 없이 기억되어왔다
둘째 아이가 휴가 오는 날
연휴인데도 멀리 충남 당진에서 근무를 했다
가족을 위한 책임감일까
내 모습이 세월 속에 점점 무뎌져간다

잡부도 가족이 소중하다

오늘도 이른 아침잠 들쳐 깨우는
덜커덩 쾅— 소리
하루가 열리는 보람된 땀방울
간간이 들려오는 매미소리는
한나절 찜통 아래 삶의 노래가 된다

고달픈 육신은
내 몸이 아닌 듯 기계처럼 쉬지 않고
머릿속 가족 얼굴 눈 삼삼하니
봄날 쑥 나오듯 아이들 쑥쑥 자라는 모습
내 어찌 사람처럼 살기를 포기하랴

오늘도 가슴속 맺힌 가난한 삶이지만
울 아이 울 아내 건강하기만 하면
바랄 것 없는 내 인생
영원한 노가다 인생
오늘도 괴나리봇짐을 지고
희망 찾는 내가 간다

어머니 1

길 가다가 문득 멈춰 선 밭두렁
환하게 웃어주는
너의 작은 얼굴
곱다 어쩜 저리 고운가

돌아보고 또 돌아보고
굽이굽이 산길 따라 내려오면
그곳엔 이름 모를 들꽃이 살고
노을 진 산자락
농부가 일손 털고 나간 자리
들꽃 피어 나를 반기네

들꽃처럼 아름답게
살다 간 얼굴이 보고픈 날에
가슴속에 너를 담아간다

피다 만 꽃봉오리
울 엄마 가슴처럼 아름다워
살며시 웃어주는 그 모습이
추억 속에 묻혀 들꽃이 되었구나

아버지의 사랑

장성한 자식의 아픈 몸 애처로워
찾아오신 아버지
차마 바라볼 수 없어
이불속 깊이 얼굴을 묻고
차오르는 슬픔 온 세상 무너뜨린다
한여름 타오르는 아스팔트 위에
보일 듯 말듯 기어가는 새카만 개미처럼
가냘픈 허리
광목천으로 질끈 졸라맨 허리
아이 손 한 줌만이나 할까
괜찮으니 돌아가시라 말도 못하고
목소리는 가라앉는데
들리지 않는 아버지의 귓가엔
아무런 의미가 없다
그저 눈치로 알아보려고
껌벅 껌벅
자식의 가슴은 무채처럼 찢겨나간다

언제나 이 죄를 내려놓고
아버지의 고달픈 삶을 잊을는지
구십을 바라보는 아버지의 육신은

자식 앞에 너무나 큰 사랑이다
힘겹게 살아오신 진실한 삶속에
행복은 너무 멀리 있고
고달프고 힘들었던 날들
이젠
먼 옛날
추억 속에만 있었으면 좋겠다

몸이 불편해도 표현할 수 없는 사람들
자신의 말 한마디가 한 가정의 중심이기 때문이다
삶의 의욕이 뿌리째 흔들릴 수 있기에
가슴을 닫고 살아야 힌다
무어라 한마디 하기 전에 얼굴부터 바라본다
눈동자에 깊숙이 들어가 마음을 읽고
그 속에 머물러 가슴을 진정시키고
조용히 빠져나올 때
비로소 상대방 숨결 고르게 들린다
모든 것 마음속에 묻고 세상을 떠나려 한다

항상 곁에 있어도

가족이 그리워 먼 길 오가던 기러기 인생
이제 날 저물어 노을 진 해
바다엔 아무도 없다
고향 땅 지친 몸 누워도 마음은 허공에 맴돌고
아파 누워 계시는 어머니
장작개비 깡마른 아버지 보려고
지친 몸 끌고 가보지만 가슴 가득 상처만 담아오고
무엇 하나 못 해드리는 자식인데
언제까지 볼 수 있을는지
그래도 보고플 때면 마음대로 가서
틈틈이 보고 오면 마음 뿌듯하고 내심 힘이 솟는다
오늘도 가슴속 그리움으로 피어나는 부모님
영혼 속에 함께할 부모님
아직도 함께 있어 행복한데
이 마음 아이들은 모른다

명절

세찬 추위가 요즘 경기만큼이나 매섭다
집에 머물러 아픔은 두 배다
가족이란 틀에 얽매여
나의 삶이 무엇인지도 몰라
큰 짐만 무겁게 어깨를 짓누르고
하루하루가 불안하기만 한데

이 추운 날 어찌 지낼까
계절이 가고 봄이 오면 조금은 나아지겠지
육신은 햇살에 좌욕하고
마음은 바람에 날려 보내야지
빈손 들고 실아가는 인간이 되이
아무 생각 없이 살고 싶은데

어머니의 고향

멀리보이는 산
희미하게 보일 듯 말 듯
그도 아닌 게야
저 산 너머 어디엔가 계실 부모님
그립다 늘 부르시던
가칠봉 꼭대기에
머루다래는 엉클어 사는데
우리 부모 언제 만나
얼크레 설크레 살거나
이렇게 고향을 그리워하시면서 속울음 달랬다
눈물지으시던 어머니
그 옆의 자식은 어려 멋모르고
어머님 눈물 훔쳐 내렸다

지금은 모두 꿈같은 일이 되었네

어머니 2

꽃 피고 새 우는 봄날입니다
무심했던 이 아들이
산나물 캐러 지나던 산자락
문득 어머님 생각에
가슴이 뭉개집니다

생전에 자식 걱정하시더니
오늘은 아무 말씀 없으셔서
그냥 돌아가려 했습니다
당신 옆을 그냥 지나칠 뻔했던
이 못난 놈
옆자리 빨간 카네이션을 보고
어머님 계신 것을 알았습니다

어머님 왜 이젠 부르지도
잡지도 않으시는지요
지금도 제가 밉기만 하신가요
저는 어머니가 너무 그립습니다

출근길

봄이다
바람도 포근한 느낌이다
차 안은 땀이 날 정도로 덥다
어제와 오늘 너무도 다르다

계절이 이렇게 변해가듯이
우리 가족과 아이들도
성숙해간다
이제 아들도 군에 가고
다 키워놓았다 싶다

부모는 바라보는 능력만 있다
어느새 이렇게 변했을까
마음 한구석이 뜨겁게 달구어진다

어쩌면 당신은

지금쯤 무얼 할까
연속극 좋아하는 당신인데
모두 끝났을 시간인데
얼마나 적적할까
혼자도 투정 않고 잘도 노는 당신은
철없이 물품도 사고
되돌려 보내기도 하고
오늘밤도 그렇게 시간을 때울까
아프지는 않은지
착하기만 한 당신이 측은하다

퇴근길

오늘도 퇴근길에
전화 한 통 기다려진다
짧아진 가을 햇살 받으며
지는 노을 바라보니
붉은 태양 속에 떠오르는 얼굴들
가슴에 담아 집으로 간다
하나같이 마음이 아물지 않아
갈등 속에 살아가지만
잔잔한 정이 들어
보고 싶은 아들 소식
기다려지는 퇴근길

꿈꾸는 어부

고기 가득 싣고
가족 위해 부푼 가슴으로 돌아와
기쁨 주는
아버지가 되고 싶었다
언제나 가족에게 넉넉하고 여유로운
아버지가 되고 싶었다

가난하지만 기죽지 않고
열심히 성실하게
당당한 모습만 보여주고 싶었다
아이들에게 모든 것을 다 가르쳐주고
거칠어도 모나지 않은 사람이 되고 싶었다

오래오래 행복한 가정을 만들어
영원한 가족이 되고 싶었다

꿈꾸는 어부

2

밤꽃 그리고 열매

• • • • • • • • 꿈꾸는 어부

가을이 오면

산골짜기마다 그림을 그린다
많지도 않은 그림물감으로
어쩌면 저렇게
아름다운 풍경 그릴까
산비탈을 돌아 흘러내리는 불길은
천 년을 흘러도
먼지 하나 묻지 않을 수정처럼
투명하다 못해 눈이 시리다

산천어 오가며
등산객의 발길 잡는다
불속 깊이 잠는 낙엽은
개구리 집인 양
기름종개가 그곳에 함께
겨울잠 잔다

마지막 비는 그렇게

서해바다 밀고 오는 안개 낀 거리
고요함 속에 정적이 맴돌고
밤이면 한여름 풍경이네
천둥번개 요란한 밤거리엔
난데없이 퍼붓는 장대비가
거리의 취객들을 세탁하듯
온몸을 휘감고 머리까지 감겨주고
휭허케 바람처럼 사라진 거리
가로수 허탈하게 발가벗기고
온몸 발갛게 속살을 드러낸 가을에
마지막 비는 그렇게 떠나갔다

폭우

사납게 내리는 빗줄기는 오랫동안
마음에 담아온 울음처럼 무심했다
뒤돌아볼 생각 없이 무너져 주저앉은 거리엔
흉측한 모습 상처뿐인 인간들

밤꽃 그리고 열매

싱그런 유월의 햇살 온몸으로 태우고
지루한 여름날을 땀으로 적셔주고
푸른 하늘 아래 귀한 자식들 알알이 쫓아내니
반질반질 윤기 나는 얼굴들 곱기도 하다

먹을 것이 없는지라
도시로 뿔뿔이 흩어져가는 형제들
부모의 마음은 가을단풍처럼 붉어지는데
추석 명절 잠깐 스쳐간 부모 상봉이
조상 묘에서 고향처럼 만났구나

긴 여름날의 추억

어머니의 입술처럼 고운
초가집 뜰아래 곱게 핀 봉숭아

한잎 두잎 따다 손톱 위에 치장하고
조심조심 잠자리 들면
어머니의 눈길이 밤새워 보초를 선다

아침이면 꼼지락거리는 손가락들
잠 깨어나면 손가락 매어놓은 실 풀어보려고
안달 속에 어머니 눈치를 본다

지금도 추억 속 옛집 앞마당엔
봉숭아가 피고 있을까

보고픈 사람

그리움 맴돌다 떠난 자리엔
노을빛이 물들고
서쪽 바다 끝자락에도
밤이 오고
삶의 하루도 밤공기에 젖어든다

가슴 시린 밤하늘을 바라본다
가로등 불빛 아래 그리운 얼굴
그림자 내리면 벤치에 앉아
밤을 끌어안고 잠이 든다

애절한 가슴 쓸어내릴 때
서러움 밀물 되어 흐르고
몸조차 버거워 몸부림칠 때
상처 난 가슴 지우려고
새벽 눈 펑펑 내린다

매미

이른 새벽 잠을 깨우는
요란한 불청객
무엇 때문에 가슴이 아려올까
운명의 15일
따사로운 햇살 등에 업고
삶이 원망스러워 그렇게 슬피 우는 너는
무엇 때문에 잠을 깨우는 거니

나도 가고
너도 가고
먼저 가도 외로운 길
뒤에 가도 고독한 길

서로가 운명인 것을
서러워 말고
울다 지쳐 쓰러질 때
그때가 행복한 것을

고독 1

푸른 하늘에 날갯짓하는
외로운 고추잠자리 한 마리
사랑 찾아 분주하다

짧은 가을햇살에 지친 듯
날갯짓 힘겨워 나뭇가지에 고단히 눕는다

밤이슬에 젖은 날개 별빛에 반짝이고
늦은 보름달이 이슬 털어주려는지
골고루 손길 주며 지나가네

어느새 외로움 잊은 채
잠이 들었다

세월

낯선 이 땅에 머물러 살아온 지도
한 해가 되고
또 그날이구나

기다리는 것 아무것도 없는데
너무도 빨리 가는 것은
모든 것들이 변해가는 때문이다
함께 걸어온 길 아득한데
이제 그 길에 내가 서 있다

그리움이 서해대교 건너 밀려간다
갯벌은 밀려가고 밀려드는데
삽교호 푸른 물은 머물러
말없이 별밤에 입맞춤한다

유난히 빛나는 별
가슴을 파고드는 외로움
세상 밖에 홀로 외로운 날
나뭇잎은 가로등 불빛에 춤을 춘다
바람은 고요히 내 가슴 쓸어안고 잠든다

호우주의보

중부에 내린다는 백 밀리 언제 올까
맘 조여 잠 안 오고 걱정만 늘어가네
언제쯤 이 물난리를 웃음으로 대할꼬

삼복더위

삼복더위
자주감자 심는다 하여
검은 덮개비닐 씌우니
땀으로 샤워한다

삶아먹을 듯 덤벼드는
용광로 같은 태양에
뒷걸음질하여 원두막에 누워버렸다

시원한 솔바람
땀방울 말리고
소나무 사이로
바람 타고 드나드는 햇살

반짝반짝 낮에 뜬 별이
아름답게 눈부시다

나풀나풀 춤추고
카랑카랑 노래하는 야한 바람
나를 사랑의 늪에 뉘이니

잠이나 들어볼거나
일은 언제 하고

지는 노을 구름이 단풍잎 되고

붉은 노을
산이 붉게 타고 있다

밤새 물들다 남은 잎들은
숯이 되어 녹아내리고
사람들은 불구경에 미쳤다

육신에도 단풍이 들고
화사한 바위에게도
잔불이 붙었다

불씨가 꺼지는 날
가을은 떠나간다

모두 떠난 빈자리

보고 싶다
꽃이 떨어지고 딱지가 생겨 떨어진다
떨어진 꽃잎은
시들어 보기 흉하지만
우리 가슴에 오래도록 남아 있다
단풍이 붉게 물들고
바람에 시들어 떠난 자리엔
앙상한 뼈마디만 남아 있다
잠시 깊은 가을 속에 머물러
모두 떠난 빈자리 서성인다
바삭바삭 바람소리
들려오면 가냘픈 갈대가
부둥켜안고 서러움 토해내는 소리
가을이 깊어가는 길목에서
바람소리 처량하게 들려온다

가을 속에 핀 얼굴들

멀리 떠나가는 구름
가까이 다가오는 바람
피는 꽃 지는 꽃
가을 찾아오는 꽃
가을에 떠밀려가는 꽃

세상 속에 머무는
모든 아름다운 것들

가을비

창문 밖 유리창 흐르는
굵은 빗방울은
먼 옛날 등 뒤에서
소리 없이 흘리던 임의 아픔인 양
오늘도 침묵 속에
가슴속 앙금 되어
하얗게
내려앉아
나의 피가 되어 흐른다

흉년

지난 달 하늘에는 파란 바다만 보이더니
하얀 파도가 가을빛에 붉은 산이 되어 떠가네
하늘을 날던 잠자리 붉은 고추잠자리 되었구나
텃밭고추도 어느새 노을빛에 수줍어 고개 숙였네

들녘엔 누런 파도 일렁거리고 허수아비 춤추네
나리 태풍이 온다지
농부는 담배 피워 물고
뿌옇게 날아오르는 연기처럼 사라질 전답 걱정에
긴 한숨 연기로 뿜어낸다

가을밤 1

밤은 깊은데 잠은 오지 않는다
눈 떠보니 핸드폰에 문자가 와 있다
── 벌써 자요?
창밖엔 갈바람에
잠 못 들고 방황하는
나뭇잎이 떨어진다

아파트 모퉁이에
하나둘 모여
여름날에 푸른 시절
별똥처럼 떨어진다

애절하게 들려오는
귀뚜라미 울던 날
낙엽 흩어지는 이 가을에
아,
꿈은 사라지고
그 옛날 추억이 그리워
잠 못 든다

가을밤 2

낙엽이 떨어진다
벤치에도
내 옷자락에도

모두가 떠난 자리엔
가을 편지 한 장 남겨놓고
스산한 바람만
가슴을 쓸어내린다

야윈 몸뚱이 떨고 있는
피붙이가
더욱 가을을
아프게 한다

달빛 가린 마지막
잎사귀가 울고 있다
외로움을 태우는 밤안개

온몸을 휘감고
체온을 느끼려 몸부림친다

회상

바람에 나뒹구는 가랑잎은
피멍 들어 몸부림치고
내 고향 그리워 담장 밑
외진 구석에 외로움을 태운다

싱그런 여름날 품 안에서
부모형제 함께 매미소리 흥겹던 그 시절
이젠 모두 추억 속에 남아
외로움에 떨고 있네

하얀 눈이 내리면
외로움도 깊이 덮여지겠지
몸도 마음도 낙엽 속에 꾸겨 넣고
잠들고 싶다

가을의 노래

하늘 아래 누워 잠이 들고
땅 위에 구름 노 저어간다
푸른 하늘
푸른 들판
가을이 익어간다

개여울

구름 속에 가을이 익어간다
바위자락 나리도 붉게 치장을 하고
산비탈 힘겹게 서 있는 누릅나무도
이른 가을 추수를 하고
앙상한 뼈마디만 찬바람에 삭아 내린다
먼 하늘 기러기 떼 어디로 가나
저문 햇살 등지고 힘겨운 날갯짓한다
깊은 가을이 노을 속에 묻혀 잠이 든다

봄바람

어느새 따스한 바람이 옷깃을 노크한다
엊그제 같던 겨울 찬바람이
투정 없이 떠나가는가 보다
산기슭에 멀리 녹색 빛이 보인다
숨죽이고 깊이 잠들었던 새순들이
너도 나도 구시렁대며 잠 깨어났다

하얀 겨울

하얀 겨울을 보았다
산과 들 새하얀 꽃이 피었다
사람들은 모두 사라지고
산새도 없다
나 홀로 깊은 계곡
좁은 길로 집에 간다
배고프고 위험하다
주유소에서 휘발유 가득 채우고
집으로 간다
어둠이 오고 가족이 보인다
밤은 너무 짧았다
잠은 오지 않는데 날이 밝았다

여름밤

멀리 달려온 흉물들이
방황을 한다
어둠속에 빛나는 별
무더운 바람
부서지는 농작물도 흉물 되어
찌푸린 농부의 얼굴
하늘 위에 몰려온
검은 구름 바라본다

3
꿈같은 시간

· · · · · · · · · 꿈꾸는 어부

가로수

바람에 흔들리는 가지들
나폴나폴거린다
이른 가을 누렇게 병들어가는
잎사귀마다 구멍이 성성 뚫렸다

몸통만 남아 있을 가로수들
발가벗은 모습으로 겨울을 입맞춤하겠다
시리도록 아린 상처투성이들
사람들의 손길에 까지고 터지고
지린내 물씬 풍기는 발등 언저리
매질 받은 몸통은 여기저기 흉터 생기고
새카만 잎마딩 긴니
같은 처지로 살고 있는 가로수들

고독 2

벌이 나를 보고 울어댄다
너무 외로워
가로등 불빛 아래
기대어 잠이 든다
기다림도 없는 인연
홀로 사는 세상에
두려움 없지만
고독한 것에
슬퍼 우는 나그네

여인의 꿈

색색이 고운 옷감 온몸에 휘감고서
한세상 풍류(風流)하며 살려던
여인네의 부푼 꿈
가슴속 깊이 무너지고 말았네

세월

저 산 너머 달빛이
지난 세월 그리워
넘어가지 못하고
고갯마루에 걸려 있네
검게 그을린 얼굴
가슴 메어 훑어봐도
또 다시 아픔이
구름과도 같다
사라지고 또 나타나는
상처만이 남아
세월 속에 거닌다

외로움

휘영청 달이 밝아
이 한 몸 누울 자리 있다한들
비 내린 주막거리
처마 밑 한 모퉁이에 쭈그려 앉았네

간직할 수 없는 사랑

헤어짐보다
더 아픈 것은
잊어야하는 것 때문입니다
잊어야 하는 아픔은
다시 볼 수 없는
그 모습 때문입니다
사랑을 잃어버림보다는…
가슴에
묻을 수 없음에
더욱 외로운 것입니다

바람 부는 날이면

오늘은 유난히 바람이 분다
가을이 서쪽하늘을 떠날 때 북풍은 불어온다
마음 한구석 병들고 소생할 길 보이지 않는다
삶의 테두리에서 인간은 온갖 걱정에 병들어간다
언제나 가슴속에만 머물러 있는 나는
점점 위축되고 힘도 능력도 떨어진다
얼마 전만 해도 세상에 나 하나만은 살아남을 것 같았는데
이젠 나 하나 설 자리가 버거워진다
부모님의 마음에 늘 상처만 주고
무엇 하나 보여드린 것 없이 늙어가는 못난 자식이다
유난히 계절에 약해지는 요즘
두려움 모르고 살아왔는데 점점 세상이 멀어진다
이젠 어머님도 찾아뵙지 못할 것 같다
내가 가면 자꾸만 부딪쳐 큰소리가 난다
어데 하소연할 곳도 없다
답답한 가슴을 끝까지 가지고 살아가야 한다
내 운명처럼 바람 부는 날이면 외롭다
세상에 혼자인 것처럼 살아가는 나
가족이 있어도 혼자 짊어지고 가야 할 일들이 버겁다
강해질 수밖에 없었던 지난 세월의 발자취가
아직도 생생하다
내 어린 날들의 울분들
내가 힘들 때 내 주위엔 아무도 없었다

도심 속의 아파트

저녁이면 퇴근해서 힘든 줄 모르고 오르던 산길
뻐꾸기 울던 어느 봄날 붉은 깃발 펄럭이고
굴삭기 허연 이빨 드러내고 긁어대니
힘없는 산등성이 파헤쳐지고
앞가슴 분홍빛 하얀 속살 드러내고
힘없이 무너져 내려 등산로 사라지던 날

삶의 희망마저 봄날 눈 녹아내리듯
그렇게 앞산은 떠나가고
더불어 살던 이웃도 가을낙엽 날리듯 흩어져가고
고향 산천 가슴에 묻고 떠나던 날
푸른 하늘 구름도 홀로 두둥실 떠도는구나

산새도 들쥐도 어디선가 방황하겠지
백발이 허연 노인의 얼굴엔 깊은 주름만 남고
노인은 손자와 논두렁길 걸으며
푸른 하늘 계수나무 흥얼거리던 시간
먼 기억 더듬으며 눈시울 촉촉이 젖어 내리겠지

엘리베이터 속 현기증에 멀미하며
두둥실 몸만 얹혀 살아가는 우리
옛 친구 간 곳 없고
달님 쉬어가던 논바닥의 개구리와 소금쟁이도
도심의 불빛에 놀라 떠난 빈자리엔
아파트만 홀로 밤을 새누나

동창생

한잔 술에 취해 동창생 전화번호를 눌렀다
한참 이야기하다 보니
실타래처럼 주렁주렁 사연도 많아
이런저런 말 속에 밤이 깊어간다

세상의 아름다움은 혼자 가져간 친구야
행복하다니 정말 고맙구나
오래오래 행복했으면 좋겠다

고독한 술

저녁을 먹다
고독한 술에 취해
밤은 더욱 깊다

뒤척거리다 깨어보니
술잔 속 가득 채운 술을
내 얼굴에 부었는가

퉁퉁 부어 있는 얼굴
고독한 흔적이
내 얼굴에 있구나

당신은 누구십니까

펑펑 내리는 새하얀 눈은
어느 누구의 육신이기에
저리도 고운가

살아 숨 쉬는 동안 단 한 번이라도
백설(白雪)처럼 살고픈 마음인데

이 어둠속에도 새하얀 그리움은
끝없이 내리는 안개이어라

회상

엊그제 푸른 들녘
오늘 된서리에 쓰러졌네
다시 살아온 초목들
깊은 겨울잠 들었다

돌아올 수 없는 삶
버거운 날들
손에서 떨어지던 날
까마귀 울어 날고
소슬바람 옷깃 파고들어
가난한 인생 얼어붙어
말없이 훠이훠이 나비 되어
바람 따라 산을 넘네

꿈같은 시간

가슴 깊이 사무친 그리움이야
애달픈 사랑을
붉은 햇살에 묻어두고
낙엽 지는 세월에 묻고 싶다

산에 떨어진 잎사귀에도
아픔이 쌓여만 가는 시간들
남아 있는 앙상한 뼈마디가 시린 듯
바람이 떨고 있다

너도 가고 나도 가고
모두가 가버린 빈 의자엔
저녁 햇살 살포시 내려앉은
산기슭 노을빛이 차갑다

고향 버린 인생살이

빈손으로 나섰으니
내 가진 것 두 주먹뿐
벌거숭이면 어떠리
인척 잃고 배고픈
거지라면 어떠리

바람 불면 부는 대로
정처 없이 노닐다가
내 인생 지친 모습
평온히 질 때면
태 버린 고향으로
발길 돌려 가리라

내 고향

먼 길 떠나
뭘 하려고
한걸음에 여기 왔노

와 보니 배고프고
인심만 사납네

인심 더러운 거 알고
엄니 그리운 걸 알았으니
내 고향에 나는 갈란다

바다

바다에 오면 마음이 공허해진다
모든 것이 공허해지고
지금의 나는 거기에 없다

하얀 모래와 내가 서 있지만
그 바다는 지금의 나를
기억해주지 않는다

바다와 모래와 나와 갈매기가 있다

파란 하늘이 있다
모두 존재했지만
그 바다엔
내가 없었다

의암호를 바라보며

안개 낀 강가에 서면
그리움 물결처럼 일렁거리고
지난 세월 서러워
목이 조여오누나
마음 가득 부자 되고파
별별 생각 다 해보지만
남은 건 허무함과 빈 두 주먹뿐

들녘 가득 정겨운 농악소리
멀리 들려오는 날
가난에 찌든 세월
이삭 줍던 그 시절
지금도 가슴에 남아
아리도록 쓰린 마음인데
그 시절 마음 가득히 행복하구나

새날이 오면

이 한 몸 세상에 떨어져
힘겨운 나날을 온몸으로 채웠지만
모자람은 끝이 없어
여기서 몰리고 저기서 채이고
평생을 근심과 걱정으로 얼룩졌다

새날이 오면 상처를 깨끗이 잊고
지난 세월 빨리 잊고
새롭게 살자고 거듭 중얼거린다
오늘도 몇 날 안 되는
날짜가 지루하기만 하다

거친 한파만큼이나
견디기 힘들었던 시간들
새날이 오면
파란 하늘 가슴에 안고
창공을 훨훨 날고 싶다

갈대

버석버석 울부짖는
마른 몸뚱이 뒤틀림을
넌들 알게니
낸들 알겠니

서걱서걱 소리
바람 분다 말들 하지만
갈대의 애달픈 울음인 것을

머리부터 발끝까지
등잔 불빛 심지까지
타들어간 아픔을
어느 누가 안다 할 거나

비가 와도
눈이 와도
서걱서걱 뼈 부딪는 소리
뒤틀어진 몸뚱이
이제 죽을 때가 되었는지

그래서 너보고 갈대라고 했나 보다

별밤

별이 빛날 때 밤은 깊어만 간다
구름은 물처럼 흐른다

아득히 바라보이던 산자락 끝
환하게 웃음 짓는 쟁반 같은 달빛은
그 옛날 추억 속에 묻힌 그리움

가슴 시린 밤에 별은 빛나고
달빛은 서글픈 내 마음이구나

달이 보이는 창가에서

몸서리치듯 지긋지긋한 여름이 가고
어느새 가을이 들길에서 기다린다
푸른 초록색 들녘에 피더니
황금물결로 춤추며 돌아왔네

덥다고 짜증내던 시간들이
벌써 조석으로 움츠러든다
세월은 이렇게 빠르게 가건만
보고 싶은 자식은 소식이 없다

찬바람 불면 붉은 엽서 오려나
단풍이 오징어처럼 구워지면
하얀 들길 걸으면서
끈끈한 대화 나누고 싶다

달빛이 외로움을 함께하는 밤이다

바람

오고 가는 시간도 모르고
어데서 태어나
어디로 가는지 모르지만

불어오는 방향 다르지만
우리가 느끼는 감정은 같다
삶의 희망도 바람이 아닐까

오늘도 바람 부는 언덕에 서서
서해 대교를 바라본다

이데시 오는가 물이도
대답 없이
내 가슴만 스치고 갔다

화마(火魔)

푸른 꿈 두둥실 싣고
환한 웃음 지으며 달려온 당신
가슴 가득 얼마나 많은 꿈을
가지고 여기에 왔을까

사랑하는 가족 멀리하고
미래의 꿈을 찾아온 당신
그 꿈은 어찌하고
그렇게 홀로 떠나가려 하오

당신 잃은 아픔 가슴에 묻고
평생을 살아가야 할 부부
사랑하는 아이들

아프다!
슬프다!
하늘엔 온통 먹구름만 가득하구나

(경기도 이천 화재를 보고 나서)

보고 싶다

냇가에서 버들치 잡고 뛰놀던 시절
왜(倭) 바지 옻 적삼에
속살 드러낸 소녀가 보고 싶다

맑은 물 검은 눈동자
흐르는 여울물 속 찌그러진 모습도
밤새 그리움으로 얼룩지게 한 소녀가

당신의 꿈 피어나느니

너와 내가 걸어온 가시밭길
얼룩진 바지적삼

흐르는 물속에 흔들리는 모습
아직도 힘겨운데
갈대처럼 휘어지는 몸
바람을 등지고 살아가는
뼛속 깊이 사무친 세월

이름 한 자 서러워
부르지 못하고 응얼응얼
홀로 사는 사람 되어
여기에 당신의 꿈 피어나느니

오늘도 기약 없이 기다리는 세월
무작정 소식을 기다리는 사람
바람에 흔들리는 나뭇가지도
비를 기다리듯 바삭바삭 소리를 내고
하늘엔 뿌연 흙먼지가
머물러 공기를 탁하게 한다
답답한 가슴을 쥐어짠다

푸르고 맑은 하늘
청명한 날 오염 없는 세상에서 살고 싶어
무작정 기다린다
더럽지 않은 날들을

시간은 가는데

아름다운 날 함께했던 아이들
꿈속처럼 아득해서 기억조차 할 수 없는데
점점 멀어져가는 시간들이 아쉬워
비디오테이프 복사해 부리나케 CD로 만들었다

아이들에게 유산으로 남길 내가 해줄 수 있는 재산
어린 날 외가와 함께 지냈던 유년 시절
기울어가는 세상에서 넘어지지 않으려고
많은 생각 만들어냈지만 쉽지 않았다

살아가면서 아무 것도 필요 없다는 생각이 들 때면
사람으로서는 세상 안에서 다했다는 느낌이다
필요 이상의 그 무엇도 가지려 하지 말라는
그만의 뜻을 알았다

영혼 하나만 가지고 갈 수 있다는 인간이기에
빈손으로 만족할 줄 진작 알았다면
세상 모두를 너그럽게 받아들일 수 있었을 것을

비 내리는 밤

희미한 창밖 유리창의 울음소리
후드득
나뭇잎에 떨어지는 서러움의 눈물
나뭇잎 찢기고
밭에 널린 하우스 무너져도
가슴에 쌓인 핏덩이
밤이 깊도록 멈추지 않는 빗줄기
온 대지가 핏빛으로 물들어가고
바다는 그 설움 다 마시고 말이 없다

하늘은 물속에서

하늘은 물속에서 구름을 씻어내고
가을은 물속으로 빠져들었다

온 세상은 깊은 웅덩이에 빠져
헤어나지 못하고
밤이 깊어 별이 빛난다

어둠은 별을 삼키고
별은 어둠속에서만 빛이 난다
그래서 별밤은 어울린다

은하수 꼬리를 내리고 지구에 닿을 때
유성처럼 밝은 빛이 잠시 지나간다
우리 곁의 모든 것들이

혼자이고 싶을 때

책 하나 눈앞에 머물러 있네
까만 글씨들이 보이지 않아
벽에 등을 기댄 채
창 너머 먼 산봉우리 올려다보니
눈물 가득 고인 회색빛 구름
아픈 가슴을 움켜쥐고
빠른 걸음으로
남쪽을 향해 걸어가고 있다
무슨 사연으로 울먹이며 저리 가는가
손짓하며 불러도
대답 없는 슬픈 회색 구름
내 마음을 알고 있나 보다

봄이 오면 돌아온다던

하늘엔 새파란 물감으로
그림을 그렸다
솜털 같은 구름도 그리고
화창한 날씨만큼
가슴도 상큼한 공기로 채운다

멀리서 손짓해도 보일 듯한
그 모습은 없다
가끔 머리 위를 떠가는
그림자가 눈앞에 서 있다

온종일 기다려도 아무도 없다
산마루턱 걸린 햇살마저
흐릿하게 내려앉는다
아직 이른 봄인가 보다
할 일을 못해서 늦은 모양이다
천천히 걸어서 내가 간다

4
개미들의 한탄

• • • • • • • • 꿈꾸는 어부

圖 뼈속에 스며드는 추위를 겪지 않고 서야
어찌 매화 향기를 얻으리오 圖

그의 몸은 뜨거웠다

혀끝에서 느껴지는 감촉 정말 예술이었다
그는 정말 나를 흥분시키기에 충분했다
벌거벗은 몸 그는 부끄러워하지 않았다
오히려 눈을 동그랗게 뜨고 나를 바라볼 뿐이었다
한참 동안 그곳에서 그렇게 누워 있었다
그의 몸이 서서히 식어갈 무렵
나의 손은 그의 몸을 살살 녹여주었다
그를 갖고 싶었다
그의 몸값을 물어봤다
생각보다 너무 저렴해서 맘이 아팠다
단돈 이백 원
그를 구입해서 집에 오늘 길에 먹어버렸다
사랑도 하기 전에 말이다
배고픔이 우선인 걸 알았다
요즘 같이 어려운 날엔
배부르고 맛 나는 음식이 최고였다
나도 어쩔 수 없는 벌레였다는 걸 알았다

붕어야 사랑해
미안해 정말 사랑했는데
눈이 내리는 날은
네가 그립단다

비 오던 엊그제 밤이 신나게 좋더라

조립식 패널 지붕에
콩나물 대가리처럼 떨어지던 빗물이
심술을 부리다 참다 했다
무슨 심술 그리 많아 내 머리 위에서 발광일까
막무가내로 지랄이다
네가 이기나 내가 이기나 나선 길
오늘이 초복인데 인간 많아 평택으로 간다

손 잡힌 우산이 바람에 흔들려 걸음은 휘청거렸다
서해바다 물비린내가 역하게 가슴에 치밀어온다
웬 년이 술 취해 받았는지
가로등은 비스듬히 누워 졸고 있다
그 밑을 지나며 신기한 듯 바라본다
그이도 년일세그려
지 몸뚱이같이 신기해 뵈나 보구려
선무당 춤추듯 지랄 나게 퍼붓는 빗물이 나는 좋더라

나자빠져 따라오는 내 그림자 앞서 걷는 길
빗물이 매끄럽게 대지 위를 쓸어갈 때
막걸리 한 병 오징어 뒷다리 하나
동동주 한 병이 내 손에 목덜미를 잡혀 끌려온다
와 이리 좋으냐 이 밤은

구수한 냄새 방 안 가득 씨 발 낙지가
누릇누릇 익어가니 빙긋한 웃음이 난다
기름에 절어 헤엄도 못 치고
나자빠져 먹어라 누워 있는 씨 발 낙지
나긋나긋한 몸뚱이를
입 안에 우겨넣으며
막걸리로 목을 축인다
와 이리 좋으냐 이 밤은

나는 거실에서 술 취해 발광이고
창밖 하늘은 천둥 치고 번개 치며 지랄이네
마주보던 당신 웃음이 빗소리보다 커진
그 밤은 지랄 맞게 좋더라

여보야 지랄같이 좋은 밤 기억하지
정말 좋더라
알콩달콩 그 밤이
비만 오면 밤이 그립다
내일 집에 갈게 애첩에게 전해줘
쭉 마시라

너의 웃음

길 가다가 문뜩 눈앞에 마주친 두 사람 행동
토실토실한 놈 옆구리를 발길로 툭툭 차
허름한 시골 집 초라한 판자 집으로 밀어 넣으려 한다
문 안으로 들어가지 않겠다고 요리조리 피해본다
지나는 사람 눈치 보며 발길질한다
나 좀 살려달라는 듯 찡끗찡끗 귀찮은 음성을 낸다
고운 얼굴 어느새 빛을 잃고 포기한 듯
뒷걸음치다 잠시 후 들어갔다
두어 마디 지르고 조용하다

잠시 후 다시 와 보니 웃음 가득 머금고
상 위에서 원망스러움 없이 나를 바라보는 모습
정말 나를 원망스러워하는 것 같다
우연히 너의 죽음을 목격한 내가 밉기만 하다
너의 웃음은 영원히 아름답구나

개미들의 한탄

요즘 세상 사는 게 사는 거이 아니야
왜냐하면 인간들이 너무 많아서
발붙이고 걷기가 힘들단 말이야
우리가 인간만 못해서 엎드려 다니는 줄 알지

인생 1

서쪽하늘 노을 바라본다
해가 뜨고 지듯이
인생도 그렇게 저물어가는 것을

산도 해 떨어지니 볼품이 없더라
밤하늘에 별도 보이지 않는다

이제 오십 줄에 다다르니
인생
어둠속으로 사라지는
반딧불만도 못한 것을 알겠다

머리 숙이면

세상을 살면서 타인에게 거만치 마라
모든 이의 우상은 못 되어도
노숙자에게만이라도 믿음을 줄 수 있다면
지구에 태어나서
축복받는 삶이 될 것이다

지구처럼 둥글게 서로 끌어안아 당겨주는
자석 같은 인간이 되자

모든 것을 바라볼 수 있다면
고개를 떨어뜨려야 한다
머리 숙이면 많은 것 볼 수 있고
행복도 느끼리

밥솥

오랜만에 쌀을 씻어 밥통에 넣고
전기선을 코드에 심었다
5분 남짓 구수한 냄새가
배탈이 났는지 부글부글 끓어오른다
마치 내 배가 고장 났을 때처럼

방귀소리는 없지만
냄새 풍기는 것은 비슷하네

어머니 향기 담아 실려 온 밥솥
배가 풍선처럼 부풀어 올라 너무 좋았다
오늘 아침엔 고향을 잠시 잊는다
내 어머니 같은 밥솥을 보며

바구니 속의 삶

마트에 바구니 하나
줄 지어 기다리는 카트
이리저리 둘러보지만
마음만 천 냥이다

가지고 싶은 것들은
내 마음에 깊은 상처만 만들고
여기저기 늘어진 탐스런 물건들은
나를 외롭게 한다
잡으려 해도 잡히지 않는 물건들
나에게 그림일 뿐
나는 바구니 속에 혼자 앉았다

친구도 없고
어디로 가려는지 알 수도 없다
아니 여기서 나의 짧은 숨은
멈추려 하는가

주인은 더 물건을 바라보지 않았다
나도 깊이 누워 생각을 잊고
운명처럼 기다릴 뿐이다
어디로 가든지 말든지

만남 속에서 사랑의 향기를

우리의 삶은 만남의 연속입니다

만나고 싶은 만남과
만나고 싶지 않은 만남
만나서는 안 되는 만남
만나고 싶지 않은데 만나야 하는 만남

이런 여러 만남을 통해서
인생이 내 뜻과 같지 않음을 배웁니다

사랑하면서도 헤어져야 하고
미워하면서도 만나야 하는 것이
우리네 인생인가 봅니다

그래서 모든 만남은 결코
우연한 것이 아니라고 말하나 봅니다

'만난다' 는 말은 '맛이 난다' 는 말과
같다고 생각합니다
'만남' 은 곧 '맛남' 입니다
그리고 보니 체감으로도 충분히
확인할 수 있는 말입니다

흐린 날 삽교천

서해대교 흐르는 물길
썰물에 밀려갔나
검은 개흙이 바닥을 보이고
새카만 멀 굴속에
기생하는 잡고기들
번속에서 떠나려 몸부림친다

발버둥치는 모습
먼발치에서 바라보는
회심 짓는 인간들

뱃속 채울 포만감에
어느새 고기 앞에 서 있네
그도 모를 물고기들

힘 빠졌나
조용히 망태 속으로 이동하고
어떤 놈 성질 급해
즉석에서 요리해서 꿀꺽 뱃속으로 보낸다

멍청한 것들

차를 타고 다니면서도 모르는 놈들
네발로 다니면 건강에도 좋고
더러운 인간 안 봐서도 좋고
흙냄새가 좋은데
잡놈의 인간들이
길바닥을 시커멓게 해놔서
우리가 차에 깔려죽고 밟혀죽고
인간들이 없어야 살 만한 세상이 올 텐데
순전히 나쁜 짓만 하고 사는 놈들
싹쓸이하려고 신종 플루가 온 거여

생사(生死)

앵앵~ 앵
앵~~
탁

시를 쓰다 보면

편지처럼 길면 산문
여행을 다녀와서 일기를 쓰면 수필
대사가 들어가고 양념 칠을 하면 소설

꾸미는 글은
잘 지은 집에 페인트를 칠한 것만 못하다

묘미는 없지만
느낌을 주고 감동을 주면
아름다운 시

인생 2

그것은
삶의 버러지
말하고
생각하는 버러지
오늘도
버러지들의
모임에 간다

군고구마

꽁꽁 얼은 손 주머니에 넣고
총총걸음 걷다 보면
산적 같은 아저씨 반갑게 눈 마주친다
얼굴만 보아도 넉넉한 아저씨
얼어붙은 한겨울을 녹여준다

모락모락 김이 피어오른다
노란 속살이 너무 좋아 두 손 마주 잡고
오래오래 사랑하듯 만지작거린다
적당히 식을 때쯤 옷을 벗고
허기진 내 입속으로 뛰어든다

따끈한 네가 좋다
뱃속이 따스한 겨울 모퉁이에서

회색하늘

하늘엔 구름 한 점 없고
회색빛 들판엔 아무것도 없다
온 세상이 회색뿐이다
내가 사는 것도 회색빛 같으면 좋겠다

보이지 않으면 슬픔도 없겠지
혼자 있으면 고통도 나만의 아픔
산야에 묻혀 남은 생을 묻고 싶다

포수가 쏜 총에 고통 없이 숨을 거두면
그렇게 세상을 떠나면 행복하리라
울어줄 사람도 없으면 좋으련만

스스로 찾아라

꽃이 피어도
모든 꽃들이 아름답지 못하고
슬픔이 온몸을 휘감아도
육신은 말이 없다

만물이 소생하는 봄날은
모든 이의 삶을 열어주지 못한다

계절의 굴레에 묻혀 구를 수는 없으니
운명처럼 생명을 소중히 생각하라

배추 시집보내며

손으로 밭을 공구며 씨를 뿌린다
여러 날 연애에 휘청거린다

사랑을 나누며 속삭이던 날
곱디고운 파란 눈
눈 마주치면 설레는 마음
탈 없이 자란 고마움

통통하게 알 밴 배추 고향 떠난다
오늘처럼 좋은날
너의 빈자리 채워지지 않는데
온몸에 송골송골 땀방울 맺히고
빈자리 싸하게 온몸을 싸고돈다

송악 이주단지에서

오늘도 시끌시끌
거리는 외로운 갈매기들 잠 못 이루고
먹을거리 골목으로 모여드는
고향 떠난 갈매기
밤하늘에 별빛만큼이나 많은
중년의 나이 지긋한 나그네들
가을바람 옷깃을 파고드는 밤길
밤만큼이나 캄캄한 시간들
지그시 눈을 감고 깊어가는
가을풍경 그림 속으로 옮긴다

가로등

하루 종일 하는 일 없다가
밤만 되면 졸고 있는데
사람들은 모른다
졸지 않고 있다고 변명하고 싶어도
아저씨가 네 다리에 쉬하고 있어도 말이 없잖아
어떤 사람은 발로 걷어차기도 하는데
깊이 잠든 너는
아침이 되어도 졸고 있구나
돈 나간다
졸고 있는 가로등아

서글픈 인생

한 번 가면 돌아오지 못하니
갈 곳 신중히 선택하자
오는 길도 험하지만
가는 길도 숨 가쁘네

올 때도 외롭더니
가는 길은 통곡소리와 슬픈 울음뿐
인생 한 번 왔다 가는 길
왜 이리 힘이 드는가
고갯길에 올라서면
내려갈 때 편할 줄 알았는데
산 위에 산이고
물 건너 또 강이 흐르네

태어날 때는 축복받은 우리
떠날 때는 빈손으로 어디를 가나
인생길 서글플 뿐이네

밤을 잊은 채로

캄캄한 밤
리모컨 불빛만 깜빡거린다
눈은 말똥말똥
책 속의 글자들이 화가 났다
피아노 건반을 친다
머릿속에 들어 있는 글자들도
가슴을 뚫고 나와
나에게 일어나 앉으라고 보챈다
불을 켜고 펜을 들고
하얀 종이 위에
까만 글씨로 그림을 친다
그동안 감춰온 질긴 갈망이
연과 행을 가르고
이젠 안심이 되는 듯 누워 있다

달 같이 뜨고 싶다

초저녁 하얀 얼굴
저만치 풍선처럼 떠 있다
누구를 만나려고
밥도 먹지 않고 왔을까
아마도 누군가를
바라보고 싶어 왔겠지

어둠이 대지를 까맣게 태울 때
연애하는 모습 훼방이라도 하려고
대낮처럼 밝히고 빙그레 웃음 보이는
달 같이 떠오르고 싶다

온유하고 따스한 웃음
달이 뜨고 별밤이 있어
외로움을 달랠 수 있구나

말

하고 싶은 것을
침묵으로 꿀꺽 삼키고
목 아프게 참아낸 고통
이런저런 생각들
모두 접어두고
살아가는 모든 이의 침묵
적막을 깨트린다

야생화

옹기종기 모여
싱글벙글 웃는 얼굴
이름도 가지가지
들꽃에 기대어 사는 야생화

이름도 없이 얼굴 내밀고
웃음 가득 피우는데

누구를 위한 것은 아니지만
모두를 위해 피어나는 꽃처럼
오래오래 우리 곁에
웃음 주는 야생화

별이 달을 만났다

슈퍼에 들러 집으로 오는 길
머리 위에 닿을 듯 가까운 곳에
쟁반 같은 호떡 하나 걸려 있다
누가 뜯어먹다 놓았을까
반쪽만 남아 일그러진 모습이
꼭 심술궂은 여편네 닮았다

별은 달을 한없이 바라보고
달은 별이 질 때를 기다렸다
새벽이 와도 별은 떠나지 않고
달은 어느새 짝을 찾아 떠났다

별은, 별을 사랑하는가보다
까만 밤이면 별은 언제나 와 있다
나도 까만 밤이 좋다
별이 없어도 밤은 오고
사랑하지 않아도
곁에 머물러 있으니까

아득히 바라보이던 산자락 끝
환하게 웃음 짓는 쟁반 같은 달빛은
그 옛날 추억 속에 묻힌 그리움

가슴 시린 밤에 별은 빛나고
달빛은 서글픈 내 마음이구나